現代歌人シリーズ 22

大森静佳

Shizuka Omori

カミーユ

書肆侃侃房

カミーユ＊目次

装画　寺澤智恵子
装幀　宮島亜紀

カミーユ

きれいな地獄

狂うのはいつも水際　蜻蛉来てオフィーリア来て秋ははなやぐ

釘いくつ抜いても壁に消えのこるイエスのてのひらに雨が降る

顔を洗えば水はわたしを彫りおこすそのことだけがするどかった秋の

雨沁みて重たいつばさ　感情は尖《さき》がもっとも滅びやすくて

天涯花ひとつ胸へと流れ来るあなたが言葉につまる真昼を

筆跡の濃い手紙焼く　火の髪をジャンヌはどこで梳いているのか

ああ斧のようにあなたを抱きたいよ　夕焼け、盲、ひかりを掻いて

わたしを溢れわたしを棄てていったのだ、心は。銀の鴉のように

遠景、とここを呼ぶたび罅割れる言葉の崖を這うかたつむり

あなたはわたしの墓なのだから　うつくしい釦をとめてよく眠ってね

瞳

おまえまだ手紙を知らぬ切手のよう街の灯りに頬をさらして

河沿いをひとりあゆめば光へと身を投げるごとく紅葉する木々

栞紐ひきあげるとき遠くからわたしがわたしを呼ぶ声の棘

祈り終えすこしふっくらしたような両手を薄いひかりにさらす

一九四三年二月、ミュンヘンの女学生ゾフィー・ショルは
兄ハンスとともにナチスへの抵抗を呼びかけるビラを撒いた。

くちびるをふるわせてもの言うことのあと何度あるおまえのほとりに

雑穀パンながく噛みつつ　言葉からまずはしずかに蒼ざめゆくか

逮捕からわずか四日後、斬首刑執行。享年二十一歳。

枝から枝へおのれを裂いてゆくちから樹につくづくと見て帰りたり

殺されてうすいまぶたの裡側をみひらいていた　時間とは瞳

『白バラの祈り　ゾフィー・ショル、最期の日々』は二〇〇五年のドイツ映画。

ざらざらとこころに擦れて残ってるユリア・イェンチの粗い素肌が

梅林を駆ければおまえ戦火とは濡れているあの火のことですか

首相、首長、首将、首席、首都……

なまくびを刈れという声さみどりのその声がわたしの喉を濡らした

十二粒の冷えた数字は配られるひとりひとりの沈黙の手に

そのひとを怒りはうつくしく見せる〈蜂起〉の奥の蜂の毛羽立ち

極端に雲があかるい　自画像を描くさびしさをいまだに知らず

夕焼けの皺どうしようあの本を破ったのはきっと深爪のゆび

鳥影

ビニール傘の雨つぶに触れきみに触れ生涯をひるがえるてのひら

海鳴りはあなたでしたか追いつめて衿をひらけば消えるでもなく

馬の腹に手を押しあてる少しだけ馬の裡なる滝を暗くして

顔の奥になにかが灯っているひとだ風に破れた駅舎のような

見たこともないのに思い出せそうなきみの泣き顔　躑躅の道に

青い帽子、それもあなたの。痛いほど見ていた頃の曇天を呼ぶ

老けてゆくわたしの頬を見てほしい夏の鳥影揺らぐさなかに

異形の秋

かつて心に心差しだす術なりし火というものを夕べ見ていつ

宦官のもういない世に蒟蒻をあらえばゆびの芯があかるむ

暮れ残る浴室に来て膝つけばわが裡の宦官も昏くしゃがみぬ

彼らの世に彼らの灰色の顔はどんなにしずかな穴であったか

まず声が女になった　軋みだす　臭いだす　また軋みつづける

汗を噴くのみの彼らの性愛は果てることなく夜を濡らす笛

虚ろって気持ちがいいね　貝類のように皺寄せながら太って

蝿払う彼らの無数のてのひらがぼとぼととわが胸に墜ちくる

月光は脈打つ傷のように来るあなたがあなたになる前の秋

みずからの性器を浮かべる瓶のこと夕星おもうようにおもえり

わたくしが切り落としたいのは心　葡萄ひと粒ずつの闇噛む

亡骸にふたたびそれを縫いつけよ　もう声が軋むことはないから

曼珠沙華の白を両手にほぐしつつここに戻ってきてほしかった

馬

樹のなかに馬の時間があるような紅葉するとき嘶《いなな》くような

まばたきの少ないひとは嫌いだよ陽射しにふくよかな秋の橋

夕闇に素手でさわってきたようなひとつの顔に出遭いたるのみ

五月

だって五月は鏡のように深いから母さんがまたわたしを孕む

春のプールの寡黙な水に支えられ母の背泳ぎどこまでもゆく

〈在る〉ものは何かを裂いてきたはずだつるつると肉色の地下鉄

夕暮れは穴だからわたし落ちてゆく壜の砕ける音がきれいだ

とても白い額で母は泳いでる　傷なのに　傷そのものなのに

弟のひどくしずかな細密画掛けると夜の壁は息づく

羊水はこの世かこの世の外なのか月の匂いがひどく酸っぱい

夜半覚めて蛇口に唇をすすぎおり生まれないとはいかなる暗さ

死後生殖、の果てに広がるびらびらの浜昼顔にほそく雨ふる

おとうとはすべての季節の奥にいて季節のすべてを殴っていたが

春の日に手を見ておればとっぷりと毛深しわが手夕闇のせて

はばたく、まばたく

しろじろと毛深き犬が十字路を這うまたの世の日暮れのごとく

泣きながらわたしの破片を拾ってた　ゆめにわたしは遠い手紙で

曇天に火照った胸をひらきつつ水鳥はゆくあなたの死後へ

冬のあなたと夏のあなたが抱きあっているような雲　騒がしく照る

そのひとの靴はすこぶる深かった　記憶を補強する冬の楡

オフィーリアの眼窩で蟹が息絶える　見知らぬ痣が右膝にある

湖だ　いつか巨大なてのひらがきみ押し倒す力のことも

早送りのように逢う日々蒼ざめた皿にオリーブオイルたらして

冬晴れの紫陽花園をめぐるとき見えないものは見たかったもの

耳たぶは風に溺れて、きみといたすべての一瞬をほぐす風

吃音の花

ふる雪は声なき鎖わたくしを遠のくひとの髪にもからむ

青い傘ひたと巻くとき感情を越えてやわらかな手首となりぬ

空の喉をあふれて咲いたねばねばの文語のさくら追いつめている

きみといてやたらと夜だ舌先の蜆にさむい味蕾がひらき

ゆめにわれは一本の匙　息をとめて海の襞へと喰い込んだこと

恋を菩提の橋となし　渡して救ふ観世音

頭蓋骨にうつくしき鋳うまれよと胸にあなたを抱いていたり

逢うこともあぶらを垂らすごとき冬　死んでいる蟻を見たことがない

色の闇路を照らせとて　夜毎にともす灯火《ともしび》は

ぎんいろに凍った雨が伸びてきてぎんいろの檻　傘はひらくな

冬の樹が散らす枝々、もうずっと花火より火だ　あなたさえ火だ

苦しき闇の現《うつゝ》なや　やう〳〵二人手を取り合ひ

もっときれいなゆびがほしいよゆびさすと雪が霙にかわりゆくころ

あ、あれはむかしわたしの掌じゃないか螢を潰す余白なき愛

此の世の名残　夜も名残

埠頭には冴えてくるしむ風がきてあなたを地上にふかくとどめる

あしあとにつきのひかりがしみてくるここをすぎればわたしのきしべ

鮮烈なひかりをまとう枝々の、くちづけに互いの顔消している

あれ数ふれば暁の　七つの時が六つ鳴りて
残る一つが今生の　鐘の響きの聞きをさめ

わたしにはたったひとつのそらだからどんなかさでもくるくるまわせ

ただでさえよるがはしっているもりをわたしのことばあなたへはしる

今は最期を急ぐ身の　魂《たま》のありかを一つに住まん

此の二本《ふたもと》の連理《れんり》の木に　体をきつと結《ゆは》ひ付け

しぼりだすこえはしんじつこえであるまゆをひそめていきてきたこえ

はやく〱殺してく〱

歳月という鞍《くら》にあなたは座りつつどうして花を壊さないのか

二三度ひらめく剣《つるぎ》の刃　あつとばかりに喉笛に

かりがねがしずかにわたりそののちをそらはゆっくりくさっていった

ゆうやけにまぎれおまえをすてにゆくはなのよはもうふりかえらない

でものどがただれてしまうしんじつはゆるがるれゆるがるれまぶしくて

詞書は近松門左衛門『曾根崎心中』より引用。
表記は岩波文庫版（祐田善雄校注）を参考にした。

紫陽花にふれる

手をあててきみの鼓動を聴いてからてのひらだけがずっとみずうみ

ひとことでわたしを斬り捨てたるひとの指の肉づき見てしまいたり

秋だね、と秋じゃなくても言いたいよ風鳴るさなかまばたきをして

ものわかりのいい木になんてならないでどんな雨にも眼をひらいてて

夜の道にビニールハウスの群れ光るここはこころの外だというのに

声は散る　過去の白さへ散る　そしてそののち胸につどう紫陽花

紫陽花はさわると遠くなる花で（あなたもだろうか）それでも触れる

安珍さまへ

おもってたよりもしずかな左手だ　痺れるように夜桜散って

時間っていつも燃えてる　だとしても火をねじ伏せてきみの裸身は

寒そうなこの〈増女《ぞうおんな》〉口角に刺のようなものを薄くやどして

一月三十日（土）　能「道成寺」

夢みたい、ではなく夢のなかみたい、とあなたは言えり傘濡らしつつ

蛇よりも鐘になりたし火に濡れてきみの最期の声さえ聞ける

三月二十日（日）　文楽「日高川入相花王　渡し場の段」

白い鱗の名残りのようなコンタクトレンズをはずすきみの隣に

喉仏のたしかな熱にふれるたびわたしを遠くの枝がうるみぬ

遠ざかるときがいちばんあかるくてあかるく見えて夕暮れの頬

眼の底をよぎるはなびら射るように顔をあげたりして老いてゆく

遠い秋の遺跡のようにふかぶかと声ふとらせてひとりを呼べり

金色の泥

吃るようにそこに真冬の木々は暮れピラミッド展に行きそびれたり

自転車を押しながらきみの声を聴く焚火の底にいるような声

つま先からタイツ履くとき引き寄せる暗くのたうつ波に似たもの

冗長な映画のような光来て春はあなたが庭そのもので

遠いとはもはや言い得ぬほど遠く筋雲に夕べすべての色が

灯台のような裸、とおもったが春はそれさえ連れ去ってゆく

颪《サルヒ》

一一八七年、夏　チンギス・ハンの夭折の妹テムルン

朝靄のなかに小さき火を焚いてここにこころを呼び戻したり

兄というもっとも遠い血の幹を軋ませてわれは風でありたし

皆殺しの〈皆〉に女はふくまれず生かされてまた紫陽花となる

灼けた土のような声だな、粗くって。声は呟くただ嫁《ゆ》け、とのみ

馬の背は光に濡れて　来た、壊した、焼いた、殺した、奪った、去った

草の穂に汗ばむ背中刺されつつきみでないひとを抱きしめていた

丘の向こうに雲湧く日々をめらめらと牛の乳首絞りていたり

黒い馬、だったらよかった。わたしも。青空がずたぼろにきれいで

拉致されてとてもしずかに列をなす無数の紫陽花のっぺらぼうの

骨を煮る臭気のなかにまどろめばきみの子を産むぎんいろのゆめ

いっしんに手を伸ばすけどはじめから喉仏もう燃えていたのね

二〇一六年、夏

たてがみに触れつつ待った青空がわたしのことを思い出すのを

草原に火を芯として建つ包《パオ》のひとつひとつが乳房のかたち

鮮やかなドアの向こうの草原になみだのようなあかるさだけが

目をつむり風に広がる髪の奥木のない土地にわたしだけが木

攻めなければ、感情の丘。この靴をこころのように履きふるしつつ

どんぶりで飲む馬乳酒のこくこくと今を誰かが黒き紫陽花

そこだけは無毛の羊の腹のあたり切り裂きぬ前脚を摑みて

揚げ餃子《ホーショール》手づかみで食む指の間を油が〈今〉が滴り落ちる

唇《くち》もとのオカリナにゆびを集めつつわたしは誰かの風紋でいい

風を押して風は吹き来る牛たちのどの顔も暗き舌をしまえり

犬の死骸に肉と土とが崩れあう夏。いつまでも眼だけが濡れて

痛いほどそこに世界があることをうべなうごとし蠅の翅音も

朝。シャツを脱いできれいなシャツを着る異国の闇を手に探りつつ

ただ立っていたのだそこに　雲の影ゆたかに山の色を濃くして

詩のように瞳はそこへ向かうのだ　そこには誰もいなくていいのだ

花火

ひつじ雲　あなたが文字を書くときの手首の真面目な感じが好きだ

ひとびとの無数のまなこの肉感に押しあげられて花火がひらく

追うというより追いつめてしまうから琵琶湖に赤い月がのぼるよ

八月のわたしにだけは見えていたあなたの奥に動かない水

蟬の声あふれて聴いているうちに風景はきーんと皺ばみて来ぬ

まなざしがひとつの滝をのぼりつめるたとえばのぼりつめたっきりの

冬の虹途切れたままに

冬空に根を張るようなつよい声それっきり声というものは見ない

幾度かペリカンを見に行く冬の何かがあふれそのひとは死にき

地下鉄につよく目つむり乾かない絵の具のごとき感情だった

背後より見ればつばさのような耳きみにもきみの父にもあった

鳶、ゆけ。ふかぶかとゆけ。そのひとの棺をえらぶきみのこころへ

一度だけ低い嗚咽は漏らしたりごめんわたしが青空じゃなくて

つめたいよ　あかるく光る蜻蛉をきみに教えた手なのだけれど

肉体がひとつの小さな壺となるまでの半日、雲ばかり湧く

狂い飛ぶつばめの青い心臓が透けてわたしに痛いのだった

胸に抱く遺影が雨に濡れることそのひとがかつて濡れていたこと
いないのは誰だったのか夕雲よ怒りのどんづまりに触れてみよ

一枚ずつ葉を落とし葉をいとしみてきみだってこんなにも木なのに

素顔にて見る夜の河　まばゆさに足とられつつ日々を過ごせり

そのひとと行きし晩夏の水族館この世という大きな腕のなかなる

雪明かり　うどんの湯気を食べていた絶食のひとは汗をかきつつ

夢に逢う、ということもなくわれのみが土偶のごとく息しておりぬ

花や葉を脱いでしずかな冬の木よ眩しいだろう日々というのは

冬の虹途切れたままにきらめいて、きみの家族がわたしだけになる

鈴のように一日《ひとひ》ひとひがふるえてる　その鈴のなかのきみを撫でおり

生きているだれの喉仏もこわい　触れると蒼い火が見えそうで

かわるがわる松ぼっくりを蹴りながらきみとこの世を横切ってゆく

製氷皿

冷蔵庫のひかりの洞《うろ》に手をいれて秋というなにも壊れない日々

眠れないときは製氷皿をおもう　ねむったあともきっとこころが

自転車に追い越されつつゆく夜道　灯りには後ろ姿がないね

時間さえ時間に疲れるということを見ていたバスの窓の銀杏に

その胸を冷やすすじ雲　歩きつつ本読む顔を見てしまいたり

心底と言うとき急に深くなるこころに沈めたし観覧車

枝々に痩せた光をまとわせて眼が見たいものをわたしは見てる

ornithopter

この冬は彫りふかき夢ばかり見る手袋やあなたや白木蓮の

夕闇のなまあたたかさいっぽんも歯のない口のなかにいるよう

二〇一五年　ジャーマンウイングス九五二五便

そらいろの眼球病みて立ち尽くすアンドレアス・ルビッツ二十七歳

百五十個の空を潰した青年のどうしようもなく歯が白いのだ

落下する窓、　窓、　窓よ散らばって砕けてめりこんでなお光る

消え失せしゆえ永遠となる斧がコックピットのドアに喰い込む

一九〇八年　ライトフライヤー号

砂にまみれた手首とおもう生涯を独身でありしその兄弟の

人類初の飛行機墜落事故の死者つんざくような恍惚のなか
オーヴィルの傷跡なぞるその指がわたしの指ならよかったのだけれど

十五世紀　ヴィンチ村の蝙蝠

陰影のつけ方などにそのひとの欲望透けて素描はのこる

夢にえがくはばたき機《オーニソプター》　蝙蝠を闇に追う背は汗ばみながら

するどく、深く、旋回する鳶のあんな高さに心臓は鳴る

確かめてから会いにゆく　モナリザの背後の水の光らないこと

空の港、と呼ばれるものが地上にはあって菜の花あふれやまざる

わたしだって木だ

ストローをきみは嚙みつつ風吹けばたちまちに風の表情となる

きれぎれに海見ゆる窓　表情の襞をねむらせ横顔ねむる

全身できみを抱き寄せ夜だったきみが木ならばわたしだって木だ

細部を詠めという声つよく押しのけて逢おうよ春のひかりの橋に

少しして声を好きだと気づきたりまっすぐな木にうなずくように

見えぬものは見えないままにそのひとの海の暗さを告げられている

何があったか全部言って、と迫るうちに蔓草の野となってしまった

明け渡してほしいあなたのどの夏も蜂蜜色に凪ぐねこじゃらし

湖底の青がふっと濃くなる一瞬も怒りを眉間にあつめて耐えた

細い坂をのぼって海に出たような唐突にきみの声が泣きだす

一生、と口にするとき現れる滝のきらめききらめくだけの

さるすべり白く噴きこぼれ眼のなかに風景はいつも無防備だった

紫陽花の重さを知っているひとだ　心のほかは何も見せない

錆びながら

黒猫を撫でるその手を遠い日にわたしが彫った手のようにも思う

一度見たものはそののち何度でも見えるよ　まぶたに柊の影

一度見たものをふたたび見ることはほんとうはない、と毛深き声が

その海を死後見に行くと言いしひとわたしはずっとそこにいるのに

泣いたあと少し小さくなった顔、と火のように強く見ていたことも

ずっと味方でいてよ菜の花咲くなかを味方は愛の言葉ではない

感情がいま釣り鐘のように重い　錆びながら、もっとかがやきながら

ダナイード

さるすべりの幹のくるしさを言いながらあなたの頰の産毛は光る

みずうみに顎を浸せるつめたさのロダン〈パンセ〉を夜更け見ていつ

欲望がフォルムを、フォルムが欲望を追いつめて手は輝きにけり

オーギュスト・ロダン〈ダナイード〉(1884-85)

いっしんに背骨は蒼く燃えながら何から逃れようとする線

みずからの裡の虚空を見るごとくロダンの女みなうずくまる

それは少女の微笑みなれどモノクロの写真に瞳の色は残らず

映画『カミーユ・クローデル』（1988・仏）

でもたぶん七月の雲のような瞳《め》だイザベル・アジャーニの顔に嵌まって

ロダンからいくつもの〈手〉を任されてそこここを夢の淵としたひと

精神に真水のような陽のさして女は着衣、男は全裸

カミーユ・クローデル〈ワルツ〉(1905)

輪郭はくらやみにこそ際立つとロダンが髭の奥から言えり

そののちの長い月日の　狂うとき素足はひどく透きとおるけど

肉体の曇りに深く触れながらカミーユ・クローデル火のなかの虹

夕暮れの髪を垂らして打つ石が、捏ねる粘土が、ひらく咽喉《のみど》が

彫ることのさなかに暗い砂が見えるそのひとが黙って暮らした冬の

くるしさと狂おしさとを行き来してロダンの髭に触れしかゆびは

感情にすべては繋がるべきなのに鉄路にひどくひたむきな雨が

ひとがひとに溺れることの、息継ぎのたびに海星《ひとで》を握り潰してしまう

まなざしの渇きは塑像に刻まれて男は男のままに死にたり

〈死の床のカミーユ・モネ〉のカミーユもおそらくは寒い光のなかを

画家の描きし日傘の女　表情のもっとも深くを風に吹かれて

わたしではない　あなたでもない　彼女でもない　窓に合歓の木

アデルからカミーユへ雪に狂い継ぐイザベル・アジャーニの鎖骨の強さ

むきだしの恍惚というおそろしさ〈中将〉の眉間夕べ彫りつつ

彫ることは感情に手を濡らすこと濡れたまま瞳《め》を四角く切りぬ

目を閉じて少し待つのだお互いの葉ずれの音の静まるまでを

ダナイード、とわたしは世界に呼びかけて八月きみの汗に触れたり

あとがき

この歌集は『てのひらを燃やす』に続く私の第二歌集です。二〇一三年春から二〇一七年冬にかけて詠んだ歌のなかから二四〇首ほどを選び収めました。年齢でいうと、二十三歳から二十八歳までの作品になります。タイトルの『カミーユ』は、音の響きのうつくしさに惹かれて決めました。

「塔」短歌会や神楽岡歌会をはじめ、さまざまな場で刺激や励ましをくださる皆さま、いつもありがとうございます。出版にあたっては書肆侃侃房の田島安江さんと黒木留実さんに大変お世話になりました。御礼申し上げます。

二〇一八年春

大森静佳

■著者略歴

大森 静佳（おおもり・しずか）

1989 年、岡山市生まれ。京都市在住。高校時代に短歌と出会い、その後「京大短歌会」を経て「塔」短歌会所属。
2010 年、「硝子の駒」にて第 56 回角川短歌賞受賞。
2013 年、第一歌集『てのひらを燃やす』（角川書店）を刊行。
2018 年、新版『てのひらを燃やす』（角川書店）を刊行。
2018 年、『カミーユ』（書肆侃侃房）を刊行。
2020 年、『この世の息　歌人・河野裕子論』（角川書店）を刊行。

塔21世紀叢書第324篇

「現代歌人シリーズ」ホームページ　http://www.shintanka.com/gendai

現代歌人シリーズ22

カミーユ

二〇一八年五月十五日　第一刷発行
二〇二四年二月十六日　第五刷発行

著　者　大森静佳
発行者　池田雪
発行所　株式会社 書肆侃侃房（しょしかんかんぼう）
〒八一〇・〇〇四一
福岡市中央区大名二・八・十八・五〇一
TEL：〇九二・七三五・二八〇二
FAX：〇九二・七三五・二七九二
http://www.kankanbou.com　info@kankanbou.com

編　集　田島安江
DTP　黒木留実
印刷・製本　アロー印刷株式会社

ISBN978-4-86385-315-7　C0092

現代歌人シリーズ

四六判変形／並製

1.	海、悲歌、夏の雫など　千葉 聡	144ページ／本体 1,900 円＋税
2.	耳ふたひら　松村由利子	160ページ／本体 2,000 円＋税
3.	念力ろまん　笹 公人	176ページ／本体 2,100 円＋税
4.	モーヴ色のあめふる　佐藤弓生	160ページ／本体 2,000 円＋税
5.	ビットとデシベル　フラワーしげる	176ページ／本体 2,100 円＋税
6.	暮れてゆくバッハ　岡井 隆	176ページ（カラー16ページ）／本体 2,200 円＋税
7.	光のひび　駒田晶子	144ページ／本体 1,900 円＋税
8.	昼の夢の終わり　江戸 雪	160ページ／本体 2,000 円＋税
9.	忘却のための試論 Un essai pour l'oubli　吉田隼人	144ページ／本体 1,900 円＋税
10.	かわいい海とかわいくない海 end.　瀬戸夏子	144ページ／本体 1,900 円＋税
11.	雨《ふ》る　渡辺松男	176ページ／本体 2,100 円＋税
12.	きみを嫌いな奴はクズだよ　木下龍也	144ページ／本体 1,900 円＋税
13.	山椒魚が飛んだ日　光森裕樹	144ページ／本体 1,900 円＋税
14.	世界の終わり／始まり　倉阪鬼一郎	144ページ／本体 1,900 円＋税
15.	恋人不死身説　谷川電話	144ページ／本体 1,900 円＋税
16.	白猫倶楽部　紀野 恵	144ページ／本体 2,000 円＋税
17.	眠れる海　野口あや子	168ページ／本体 2,200 円＋税
18.	去年マリエンバートで　林 和清	144ページ／本体 1,900 円＋税
19.	ナイトフライト　伊波真人	144ページ／本体 1,900 円＋税
20.	はーはー姫が彼女の王子たちに出逢うまで　雪舟えま	160ページ／本体 2,000 円＋税
21.	Confusion　加藤治郎	144ページ／本体 1,800 円＋税
22.	カミーユ　大森静佳	144ページ／本体 2,000 円＋税
23.	としごのおやこ　今橋 愛	176ページ／本体 2,100 円＋税
24.	遠くの敵や硝子を　服部真里子	176ページ／本体 2,100 円＋税
25.	世界樹の素描　吉岡太朗	144ページ／本体 1,900 円＋税
26.	石蓮花　吉川宏志	144ページ／本体 2,000 円＋税
27.	たやすみなさい　岡野大嗣	144ページ／本体 2,000 円＋税
28.	禽眼圖　楠誓英	160ページ／本体 2,000 円＋税
29.	リリカル・アンドロイド　荻原裕幸	144ページ／本体 2,000 円＋税
30.	自由　大口玲子	168ページ／本体 2,400 円＋税
31.	ひかりの針がうたふ　黒瀬珂瀾	144ページ／本体 2,000 円＋税
32.	バックヤード　魚村晋太郎	176ページ／本体 2,200 円＋税
33.	青い舌　山崎聡子	160ページ／本体 2,100 円＋税
34.	寂しさでしか殺せない最強のうさぎ　山田航	144ページ／本体 2,000 円＋税
35.	memorabilia/drift　中島裕介	160ページ／本体 2,100 円＋税
36.	ハビタブルゾーン　大塚寅彦	144ページ／本体 2,000 円＋税
37.	初恋　染野太朗	160ページ／本体 2,200 円＋税

以下続刊